作画工具介绍

我们在画画时可能用到以下几种工具：

水彩笔：一般是 12 色、24 色、36 色、48 色一盒装卖，笔头一般是圆的，优点是水分足，色彩丰富鲜艳，缺点是水分不均匀，过渡不自然，两色在一起不好调和，一般适合画儿童画，也可以用作记号笔。

荧光笔：它的色彩很特殊，一般有 7 种颜色，是一种非常鲜亮的水性彩色笔，它的色彩比水彩笔更亮丽。它粗粗的笔头能很好地跟水彩笔搭配使用。

闪光笔：油性带有亮粉的笔，能画出像彩色金属一样的效果，一般用于局部的涂色和线条或花纹的绘制，要搭配其他的笔混合来使用效果才好。

细水彩笔：笔头很细，不能用来涂色，用于画彩色线条或者添加丰富效果。

马克笔：它也是水性彩色笔，笔比较粗，用于涂较大面积的颜色。色彩比水彩笔更丰富，可搭配水彩笔使用。

勾线笔：又称油性笔，很常用的一种笔，一般勾线都要用到它，注意一定要油性的，这样在水彩笔涂色的时候颜色才不会化开。

水彩笔画的常用画法

竖向排线法

斜向排线法

横向排线法

延伸向排线法

平涂法： 平涂法是水彩笔涂色时用得最多的方法，正如名称一样，用水彩笔进行大面积均匀的涂色。要达到均匀的效果，一定要一笔一笔挨着向同一方向进行涂色。水彩笔涂色最容易出现的问题是起毛和颜色发黑，这些都是没有顺着涂的结果。

渐变涂法： 利用水彩笔同色系的深浅排序来·层层描边，涂出深浅变化的效果。这种方法可以由内往外或由外往内地深浅变化，也可以从左往右或从右往左地变化。

叠加涂法： 先浅涂一层颜色，再在原有的色彩上叠加上一层色彩，这样出来的色彩平整而富有层次。

可爱的小青蛙

创意提示：夏日的荷叶上，有一只小青蛙正在和小蜻蜓一起玩耍。小青蛙瞪着大大的眼睛，就像两个大灯泡，红红的脸蛋真可爱。

画前引导：小朋友，你们知道吗？青蛙是两栖类动物，它们经常栖息于水边。青蛙最爱吃小昆虫，帮助农民伯伯捉害虫，是我们人类的好朋友。

步骤图示范

1.小朋友们画前先想想小青蛙有哪些外形特点，如大大的眼睛、大大的嘴巴，小青蛙还有一双大大的后腿。了解这些特点后再勾画出小青蛙的外形。

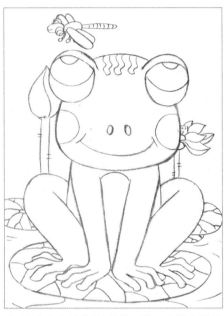

2.明确小青蛙的外形后，进一步画出远处的荷叶、荷花、小蜻蜓，让画面丰富。

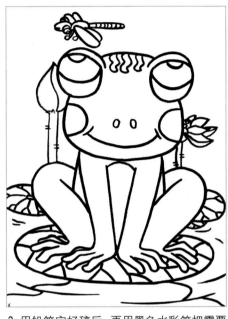

3.用铅笔定好稿后，再用黑色水彩笔把需要的线描黑，画好后用橡皮轻轻地擦去多余的线，让画面整洁干净。

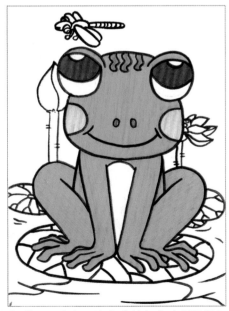

4.给画面上色，注意青蛙与荷叶都是绿色的，在画时选相近似的色彩画。

5.进一步丰富画面色彩，注意色彩的层次表现，上色用笔方向要统一。

6.完成主体物的上色后，画出背景与水面的色彩。

可爱的小猫咪

创意提示: 劳动了一天的小猫，开心地吃着它刚从河里抓来的大鱼。小朋友们，看，小猫吃得多开心呀！

画前引导: 猫已经被人类驯化了几千年，现在猫成了全世界家庭中极为流行的宠物。

步骤图示范

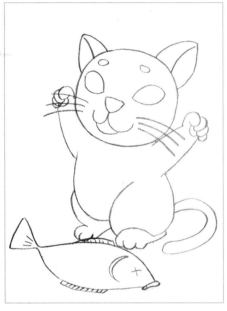

1.小朋友们画前先想想小猫有哪些外形特点，了解这些特点后再勾画出小猫的外形。

2.明确小猫的外形后，进一步画出环境，让画面丰富。

3.用铅笔定好稿后，再用黑色水彩笔把需要的线描黑，画好后用橡皮轻轻地擦去多余的线，让画面整洁干净。

4.给画面上色，先画出小猫的色彩，小朋友们也可以给小猫加上些斑纹，注意色彩的搭配。

5.进一步丰富画面色彩，注意色彩的层次表现。上色时用笔方向要统一。

6.完成主体物的上色后，画出墙面与地板的色彩。

爱歌唱的小鹦鹉

创意提示：动物园里有一只鹦鹉，它非常聪明，会学小朋友讲话，还会学着其他鸟儿歌唱。看，它正在树枝上唱着动听的歌呢！

画前引导：小鸟是人类的朋友，鹦鹉拥有美丽无比的羽毛，还具有善于模仿声音的特点，因此它深受人们的喜欢。

步骤图示范

1．小朋友们画前先想想鹦鹉有哪些外形特点，了解这些特点后再勾画出鹦鹉的外形。

2．明确鹦鹉的外形后，进一步画出树技、绿叶，小朋友们可以发挥想象，设计场景丰富画面。

3．用铅笔定好稿后，再用黑色水彩笔把需要的线描黑，画好后用橡皮轻轻地擦去多余的线，让画面整洁干净。

4．给画面上色，先画出鹦鹉的色彩，鹦鹉的用色上应鲜亮些，突出鹦鹉的形象特点，注意色彩的搭配。

5．丰富画面色彩，注意色彩的层次表现。上色时用笔方向要统一。给细小部位上色时，可以用描边法先涂出四周再填充空白处。

6．完成主要物体的上色后，再画天空的色彩。上色时注意用笔方向要统一。

美丽的红狐狸

创意提示：狐狸小姐是森林里的服装设计师，它设计了很多漂亮的衣服。森林里的小动物都很喜欢它。这不，狐狸小姐打扮得美美的，要去参加森林舞会呢！

画前引导：狐狸的嘴巴尖耳朵大，身后拖着一条长长的大尾巴，全身棕红色，耳朵和尾尖上有着白色的毛，是一种很狡猾的动物。

步骤图示范

1.根据构思，勾画出小狐狸的动态和轮廓。

2.丰富画面，给小狐狸的家画上装置，我们可运用穿插关系勾画出地面和远处的衣柜。

3.用铅笔定好稿后，再用黑色水彩笔把需要的线描黑，画好后用橡皮轻轻地擦去多余的线，让画面整洁干净。

4.给画面上色，先画出小狐狸的色彩，小狐狸的用色可自己选择，突出小狐狸的形象特点即可，注意色彩的搭配。

5.丰富画面色彩，可以自行选择喜欢的色彩来涂。上色时用笔方向要统一。

6.完成主要物体的上色后，再涂大的背景墙、地板的色彩。上色时注意用笔方向要统一。

勇敢的茄子

创意提示：小茄子是一个敢于冒险的孩子，它拿着自制的冲浪板，来到海边开始了它的冒险活动。它欢呼着冲向海浪。啊！它可真厉害，一会儿就学会了冲浪。

画前引导：运动可以使你更健康，小朋友，你都会哪些运动？把它画下来，看看你有多棒。

步骤图示范

1.小朋友们画前先想想茄子有哪些外形特点，勾画出冲浪中的茄子，注意动态特征。

2.明确茄子的外形后，进一步画出大浪和天空中的朵朵白云。小朋友们可以发挥想象，设计场景丰富画面。

3.用铅笔定好稿后，再用黑色水彩笔把需要的线描黑，画好后用橡皮轻轻地擦去多余的线，让画面整洁干净。

4.给画面上色，先画出茄子的色彩，用紫色给茄子上色，注意线条的排列。

5.丰富画面色彩，注意色彩的层次表现。上色时用笔方向要统一。

6.完成主要物体的上色后，画出天空、浪花的色彩，注意浪花暗部用深一点的蓝色画。天空与水的色彩要有区别，拉开空间。

悠闲的小青菜

创意提示: 青菜宝宝一个人在公园里溜达,悠闲地吹着口哨。看,它新做的发型多酷!怪不得脸上露出得意的表情。

画前引导: 青菜有着绿绿的嫩叶,白白的菜,青菜里含有丰富的营养。小朋友一定要多吃哦!

步骤图示范

1.小朋友们画前先想想青菜有哪些外形特点,了解特点后发挥想象力,给青菜设计一个酷酷的造型。

2.明确青菜的外形后,进一步添加公园的背景,画上小路、花坛和树木。

3.用铅笔定好稿后,再用黑色水彩笔把需要的线描黑,画好后用橡皮轻轻地擦去多余的线,让画面整洁干净。

4.给画面上色,先画出青菜的色彩,青菜叶应选择鲜亮些的绿色。

5.丰富画面,先从细节入手,细小部位上色时,可以用描边法先涂出四周再填充空白处。上色时用笔方向要统一。

6.完成主要物体的上色后,画出背景树丛的色彩。注意树叶可用深一些或浅一些的绿色,与菜叶的绿色区分开来,让画面更有层次感。

顽皮的小萝卜

创意提示: 小萝卜今天的心情非常不好，不知是谁得罪了它。哦，原来是小虫子又来吃它的小嫩叶了。小萝卜正挥着手赶走这只害虫。

画前引导: 萝卜白白的身体，头顶长着嫩绿叶子，我们在画萝卜时要根据它上大下小的外形特征来刻画。

步骤图示范

1. 小朋友们画前先想想萝卜有哪些外形特点，了解特点后发挥想象力，以拟人的手法画出萝卜的外形与表情动作。

2. 进一步添加背景、土地、小虫等。小朋友也可以发挥想象自己来添加。

3. 用铅笔定好稿后，再用黑色水彩笔把需要的线描黑，画好后用橡皮轻轻地擦去多余的线，让画面整洁干净。

4. 给画面上色，先画出萝卜、小虫的色彩，注意色彩的搭配。

5. 丰富画面，给厚厚的土地涂上一层褐色。

6. 完成主要物体的上色后，用浅蓝色来涂画背景天空。

爱运动的小青椒

创意提示：小青椒酷爱运动，它最爱的就是滑雪。快看，小青椒正在表演它的绝技呢，啊！它滑得可真好，不愧为滑雪高手。

画前引导：小青椒绿绿的身体，脚踏彩色滑板，帅呆了！小朋友，我们一起把它画下来吧！

步骤图示范

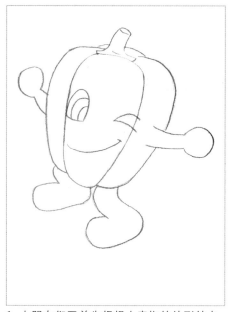

1.小朋友们画前先想想小青椒的外形特点，用拟人的方法勾画出小青椒。

2.给画面加上背景，可按自己的想法来画，要注意景物前后的关系。

3.用铅笔定好稿后，再用黑色水彩笔把需要的线描黑，画好后用橡皮轻轻地擦去多余的线，让画面整洁干净。

4.给画面上色，用不同的绿色画出青椒的色彩，突出部位用深色画，增加体积感。

5.丰富画面色彩，注意色彩的层次表现。上色时用笔方向要统一。

6.完成主要物体的上色后，画出背景，背景的雪阴影处用浅色线条表示。

飞翔的哈密瓜宝宝

创意提示：哈密瓜宝宝得到了一片神奇的树叶，它像童话故事里的魔毯一样会飞。神奇的树叶带着哈密瓜宝宝飞到世界各国游玩。这不，它们现在正在阿拉伯的上空飞翔。

画前引导：小朋友，你能想象一片能飞的叶子有多神奇吗？把你想象的场景画下来吧！

步骤图示范

1. 小朋友们画前先想想哈密瓜的外形特点，用拟人的方法画出又圆又大的哈密瓜。

2. 给画面加上背景，注意阿拉伯房屋的特点。小朋友也可按自己的想法来画，要注意景物前后的关系。

3. 用铅笔定好稿后，再用黑色水彩笔把需要的线描黑，画好后用橡皮轻轻地擦去多余的线。此处注意哈密瓜上的花纹先不用描黑，也不用擦去，等上完色后再擦。

4. 用绿色给哈密瓜上色，哈密瓜表面的纹路部分空出留白。上好色后，等画面稍微干后把之前没擦去的铅笔处擦干净。运用这种手法能更好地增加球体的体积感。

5. 给画面环境上色，我们可以选用一些鲜亮的色彩来装饰画面，让画面色彩丰富起来。

6. 完成哈密瓜与房屋的色彩后，给天空上色。

18

画家小苦瓜

创意提示：小苦瓜是农场里的小画家，每天它都拿着心爱的画笔为农场里的朋友画画。小苦瓜的家里挂满了它的作品呢！

画前引导：苦瓜的形状多为长圆形，两头尖，表面有许多凸起的小波浪。我们在画它时一定要注意这一点。

步骤图示范

1.用拟人的方法勾画出苦瓜，画出苦瓜的基本造型，要注意它的姿势动态，以及画画时的表情。

2.明确苦瓜的形象后，进一步加上背景，在画背景时可以按自己的想法画。

3.用铅笔定好稿后，再用黑色水彩笔把需要的线描黑，画好后用橡皮轻轻地擦去多余的线，让画面整洁干净。

4.给画面上色，用较深的绿色给苦瓜上色，注意色彩的搭配。

5.丰富画面色彩，注意色彩的层次表现。上色时用笔方向要统一。

6.完成主要物体的上色后，给墙面上色，可以自行选择喜欢的色彩来涂，画面近处可淡些，远处可深些，这样能更好地表现空间。

快乐的苹果

创意提示:秋天到了，果林里的苹果成熟了，小蜜蜂也在忙碌地采蜜，储存粮食过冬呢!

画前引导:苹果是世界四大水果之一。苹果通常为红色，不过也有黄色和绿色的。苹果叶呈椭圆形，画时注意这些特征。

步骤图示范

1.小朋友们画前先观察苹果的外形特点，用拟人的方法勾画出苹果、蜜蜂。

2.明确苹果的形象后，进一步画出作为背景的树叶、树枝。

3.用铅笔定好稿后，再用黑色水彩笔把需要的线描黑，画好后用橡皮轻轻地擦去多余的线，让画面整洁干净。

4.给画面上色，先用红色画出大大的苹果，再给蜜蜂上色，注意色彩的搭配。

5.丰富画面色彩，注意色彩的层次表现。上色时用笔方向要统一。

6.完成主要物体的上色后，画上天空的色彩，让画面饱满。

梨宝宝

创意提示：有两个梨宝宝，它们从小一起长大，是一对好兄弟。它们在树梢上玩耍、聊天，快乐地成长着。

画前引导：梨是一种含有丰富营养的水果，很多小朋友爱吃梨。

步骤图示范

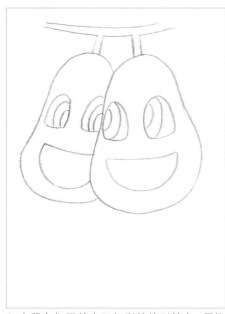

1. 小朋友们画前先了解梨的外形特点，用拟人的方法勾画出两个梨宝宝，它们有着椭圆的身体、大大的眼睛。

2. 明确梨的形象后，进一步画出作为背景的树枝和叶子。

3. 用铅笔定好稿后，再用黑色水彩笔把需要的线描黑，画好后用橡皮轻轻地擦去多余的线，让画面整洁干净。

4. 给画面上色，用黄色和橘色两种颜色区分开两个梨宝宝，注意色彩的搭配。

5. 画出叶子和枝干的色彩，注意色彩的层次表现。上色时用笔方向要统一。

6. 完成主要物体的上色后，给背景天空上色，注意用笔方向要统一。

绅士的芒果先生

创意提示：芒果先生今天要去听歌剧，它装扮得帅帅的正要出门呢。芒果先生戴着红帽子，穿着蓝鞋子，还叼着烟斗，可真像个绅士呀！

画前引导：芒果是营养丰富的热带水果，因果肉细腻、风味独特，深受人们喜爱，所以有"热带果王"之称。我们在画时要根据芒果的外形特点来刻画。

步骤图示范

1.小朋友们画前先了解芒果的外形特点，用拟人的方法勾画出芒果。

2.明确芒果的形象后，进一步画出背景，这一步小朋友们也可以自行设计场景。

3.用铅笔定好稿后，再用黑色水彩笔把需要的线描黑，画好后用橡皮轻轻地擦去多余的线，让画面整洁干净。

4.给画面上色，根据芒果的色彩特点选择色彩，注意色彩的搭配要协调。

5.丰富画面色彩，画出绿色的草地，涂色时注意用笔方向要统一。

6.完成主要物体的上色后，画出蓝天和白云。

生病中的小草莓

创意提示：小草莓生病了，它的小主人很烦恼。这时，突然飞来了一只七星瓢虫。太好了，小草莓有救了。有了这个小医生，小草莓的病一定会好的。

画前引导：鲜红的小草莓身上有很多小点点，每样水果都有自己的特点，小朋友要注意观察哦！

步骤图示范

1.小朋友们画前先了解草莓的外形特点，用拟人的方法勾画出草莓。

2.明确草莓的形象后，进一步画出背景、窗台还有窗外的风景或其他环境。

3.用铅笔定好稿后，再用黑色水彩笔把需要的线描黑，画好后用橡皮轻轻地擦去多余的线，让画面整洁干净。

4.给画面上色，从小草莓开始，用玫红色给草莓上色，注意色彩的搭配。

5.丰富画面色彩，注意色彩的层次表现。上色时用笔方向要统一。

6.完成主要物体的上色后，给窗外楼房上色，可以自行选择喜欢的色彩来涂。

菜地里的西瓜

创意提示：菜地里的西瓜宝宝们，经过农民伯伯的精心照顾，都长得又大又圆。今年的西瓜一定又会大丰收。

画前引导：小朋友们一定都吃过甜甜的大西瓜，它长得圆圆的，身上还有波浪形的深绿色花纹。让我们把它画下来吧。

步骤图示范

1.小朋友们画前先了解西瓜的外形特点，先勾画一个大圆圈，画上波浪形的花纹，再给它画上五官。

2.画出后面的西瓜，小朋友们也可以多画几个，让画面完整。

3.用铅笔定好稿后，再用黑色水彩笔把需要的线描黑，画好后用橡皮轻轻地擦去多余的线，让画面整洁干净。

4.给画面上色，用两种相近的绿色画出西瓜和西瓜的花纹。后面的西瓜色彩应选择浅些的绿色，两个西瓜形成深与浅的色彩对比，使画面主次分明。

5.涂画褐色的土地，注意色彩的层次表现。上色时用笔方向要统一。

6.完成主要物体的上色后，用浅蓝色画出天空。

乌龟和蜗牛赛跑

创意提示： 森林里即将举行一场特别的比赛，小乌龟要和小蜗牛比赛跑。上次的龟兔赛跑小乌龟取得了胜利，这次的小乌龟还能取得胜利吗？

画前引导： 小朋友们根据提示构想出小乌龟和小蜗牛赛跑的场景，再把它画下来，看谁画得最棒！

步骤图示范

1.构思好画面，在画面中用拟人的方法画出小乌龟和小蜗牛。

2.把想象中的比赛场景画下来，注意画面空间的表现。

3.用铅笔定好画稿后，再用黑色水彩笔把需要的线描黑，画好后用橡皮轻轻地擦去多余的线，让画面整洁干净。

4.给画面中的小乌龟和小蜗牛上色，注意小乌龟的色彩要有层次，不能单一地用一种绿颜色。

5.丰富画面色彩，注意色彩的层次表现。先从前景开始，用褐色画出跑道。

6.给远处的草丛、大树上色。用不同的绿色来丰富草丛的层次，让画面色彩丰富而富有变化。

强壮的大猩猩

创意提示：丛林里有一只大猩猩，它非常强壮。大猩猩常常帮助丛林里的小动物，大家都很喜欢它。

画前引导：大猩猩是灵长类中体形最大的品种，大猩猩的体形强壮，面部和耳上无毛，眼上方的额头往往很高。下颌骨比颧骨突出。上肢比下肢长，眼小，鼻孔大。毛有黑色和褐色。

步骤图示范

1.构思好画面，在画面中用拟人的方法画出大猩猩，注意表情的刻画。

2.画出草地和树丛，注意画面空间的表现。

3.用铅笔定好稿后，再用黑色水彩笔把需要的线描黑，画好后用橡皮轻轻地擦去多余的线，让画面整洁干净。

4.给画面上色，用浅棕色给大猩猩上色，注意色彩的搭配。

5.丰富画面色彩，注意色彩的层次表现。上色时用笔方向要统一。

6.给远处的草丛、大树上色。用不同的绿色来丰富草丛的层次。让画面色彩丰富而富有变化。

偷吃的小老鼠

创意提示： 小宝家住着一只调皮的小老鼠，每当小宝和爸爸妈妈外出时，小老鼠总爱跑出来偷吃小宝家的食物，这不小老鼠正在偷吃小宝家的奶酪呢！

画前引导： 小朋友们根据提示、构想画面，并把它画下来。看谁的创想最有趣，画得最棒。

步骤图示范

1.构思好画面，在画面中用拟人的方法画出老鼠，注意表情的刻画。

2.画出桌子和奶酪，注意画面空间的表现。此步小朋友也可按自己的想法画出场景。

3.用铅笔定好稿后，再用黑色水彩笔把需要的线描黑，画好后用橡皮轻轻地擦去多余的线，让画面整洁干净。

4.用深棕色给小老鼠上色，小朋友们也可以画成灰色老鼠，在上色时一定要注意色彩的搭配应协调。

5.丰富画面色彩，注意色彩的层次表现。上色时用笔方向要统一。

6.给桌面与远处墙面上色。画面中小老鼠的色彩较冷，用桌面的亮色来提亮整个画面，强化画面的空间感。

猫头鹰博士

创意提示：猫头鹰博士知识渊博是出了名的。它非常爱学习，每天都会学习新的知识。森林里的小动物有什么问题都来请教猫头鹰博士。

画前引导：猫头鹰的头形像猫，因此得名猫头鹰。它的眼睛又大又圆，夜里也能看得很清楚，喜欢晚上出来寻找食物，是个捕捉田鼠的能手。

步骤图示范

1. 构思好画面，在画面中用拟人的方法画出猫头鹰博士看书的情景，注意表情的刻画。

2. 画出树枝与树叶，注意近大远小的透视关系。

3. 用铅笔定好稿后，再用黑色水彩笔把需要的线描黑，画好后用橡皮轻轻地擦去多余的线，让画面整洁干净。

4. 给画面上色，猫头鹰一般以浅棕与灰色为主，也有白色的。在上色时要注意色彩的搭配应协调。

5. 丰富画面色彩，注意色彩的层次表现。上色时用笔方向要统一。

6. 完成主要物体的上色后，画出蓝色天空。

丛林里的犀牛

创意提示: 淘气的小蜜蜂抱着小犀牛的耳朵唱着难听的歌，小犀牛很是生气，可是却怎么都赶不走小蜜蜂，连小花都被这情景逗乐了。

画前引导: 犀牛是陆地上最强壮的动物之一。犀牛有着肥肥的身体和短而粗壮的腿，它还有一身像盔甲一样坚硬的皮肤，头上还长着两个犄角。

步骤图示范

1.构思好画面，在画面中用拟人的方法画出犀牛，要注意表情的刻画，表情代表了动物的心情，也是表现情节的好方法。

2.根据提示画出场景，如树林、草地、小花，注意画面空间的表现。

3.用铅笔定好稿后，再用黑色水彩笔把需要的线描黑，画好后用橡皮轻轻地擦去多余的线，让画面整洁干净。

4.给画面上色，给小犀牛上色，注意暗部用叠色法加深，使犀牛形体更立体。

5.给远处的大树、草丛涂上色彩，注意用不同深浅的绿色交叉来刻画树丛，让色彩更有层次感。

6.最后给前景的草地上色，前景的草地色彩可选较浅的绿色涂画，这样能更好地提升空间的效果。

胖乎乎的小河马

创意提示:小河马和小鱼在池塘里玩捉迷藏,小鱼在水里钻来钻去,小河马怎么都找不到它。它们玩得都很高兴。

画前引导:河马长着大大的嘴巴,有着四条短粗的腿,躯体就像个粗圆桶,胖乎乎的,很可爱。

步骤图示范

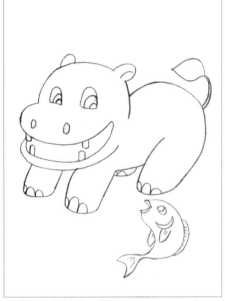

1.小朋友们画前先了解河马的外形特点,用拟人的方法勾画出小河马和小鱼,注意表情的刻画。

2.进一步画出场景,画出荡漾的水波和漂动的水草。

3.用铅笔定好稿后,再用黑色水彩笔把需要的线描黑,画好后用橡皮轻轻地擦去多余的线,让画面整洁干净。

4.给画面上色,先给小河马和小鱼上色,注意色彩的搭配要协调。

5.给水草上色,注意用不同深浅的绿色交叉上色,让水草更有层次感。

6.完成主要物体的上色后,画出天空与水面。再用比天空浅一些的蓝色来画水,水波可用大小不一的圆圈并适当留白来表示,这样可画出水波荡漾的感觉。

优雅的丹顶鹤

创意提示:丹顶鹤是鸟类的长腿模特，长腿长脖子，看，它站在湖中比水草还高呢！它正扬起翅膀翩翩起舞呢！

画前引导:丹顶鹤，它是生活在沼泽或浅水地带的一种大型鸟类，因为它体态优雅、颜色分明，在我国的文化中具有吉祥、忠贞、长寿的寓意。

步骤图示范

1.小朋友们画前先了解丹顶鹤的外形特点，用纤长的线条来表现丹顶鹤细长的腿和长长的脖子。

2.进一步画出水草和远处的树林，注意空间的表现。

3.用铅笔定好稿后，再用黑色水彩笔把需要的线描黑，画好后用橡皮轻轻地擦去多余的线，让画面整洁干净。

4.给画面上色，画出丹顶鹤头顶的红肉冠。丹顶鹤的羽毛大部分是洁白的，只有脖子和翅膀尾端是黑的，在涂色时一定要注意这点。

5.给远处的大树、草丛涂上色彩，注意用不同深浅的绿色交叉来刻画树丛，让色彩更有层次感。

6.水草的色彩可以用几种不同层次的绿色错开来涂，这样能更好地提升空间的效果。水波可以用大小不一的圆圈并适当留白来表示。

快乐的鄂鱼先生

大象洗澡

小猪都都吃西瓜

音乐家企鹅先生

爱美的小刺猬

威武的老鹰

开心的小鸭

勤劳的土豆

袋鼠妈妈逛市场